KB121531

평창 가는 길

평창 가는 길

1쇄 발행일 | 2023년 8월 30일

지은이 | 박지영
펴낸이 | 정화숙
펴낸곳 | 개미

출판등록 | 제313 - 2001 - 61호 1992. 2. 18
주소 | (04175) 서울시 마포구 마포대로 12, B-103호(마포동, 한신빌딩)
전화 | (02)704 - 2546
팩스 | (02)714 - 2365
E-mail | lily12140@hanmail.net

ISBN 979 - 11 - 90168 - 65 - 6 03810

값 13,500원

***이 도서는 한국출판문화산업진흥원의 '2023년 우수출판콘텐츠 제작 지원' 사업 선정작입니다.**

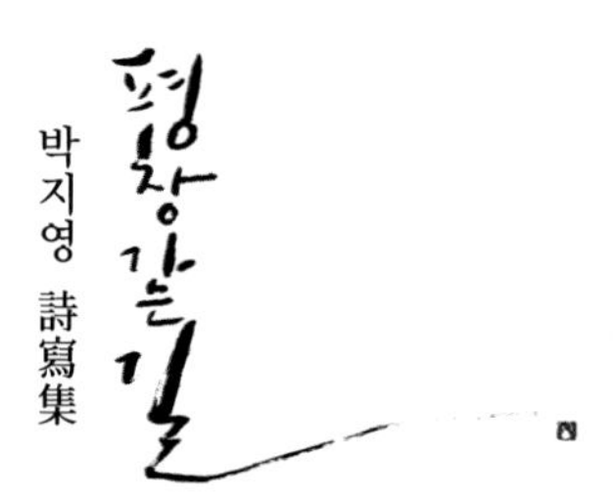

박지영 詩寫集

개미

| 작가의 말 |

시(詩)가 나에게 쏘아진 화살이라면 사진(寫眞)은 나에게 지친 하루의 '쉼' 같습니다. 화살은 직선으로 날아가지 않습니다. 요즘 말하는 '디카시' 와는 궤를 달리합니다. 마음에 시가 들어앉아 프레임을 통해 다가서는 객관적 상관물과 물아일체(物我一體)요 내어놓으면 세상과의 동성상응(同聲相應)이니 이는 고단한 삶의 여정 속에서 상생과 조화를 꿈꾸는 일입니다. 어찌 귀하다 하지 않겠습니까. 모쪼록 이 한권의 소소한 이야기가 울림이 되어 읽는 이로 하여금 돌아서다 다시 힐끗 보기만 해도 고마운 계절, '바람의 흔적', 혹은 여름과 가을 넘어가는 보리밭의 풍경같은 정취에 발길이 잠시 머물기를 바랍니다.

2023. 여름

斗心軒 박지영

평창 가는 길

목차

제3부

제4부

제1부

봄, 홀연(忽然)

담장을 타고 내려서는
귀신같은 당신
오셨군요
아직 녹지 않은 계룡산
봄물같은 당신
반갑습니다

첫사랑

들었어 동박새 날개짓
소리 놀라 고갤
들자, 목을 꺾던
이야기

곡비(哭婢)

아이 무덤가에서
내 설움으로
울어주던
곡비

적멸

원래, 불성은 중생 마음에
있고 적멸보궁에
고요만이 있는 것을

저 길

홀로 밝힌 바람의 등
대숲을 안고 돌면
당신

손짓

백년을 참았다가
기억하는
백수광부의 처를
부르는
손

물그림자

머리에 꽃을 꽂고서
당신 그림자
화들짝 놀라
돌아보길
망설이는 찰라

갑사 가는 길

해실거리며 웃는
나의 사랑으로
적멸보궁

대맹이

나의 기다림
봄날
대맹이가 되어
공중에
걸쳐져 있네

하오

햇살 눈부셔
당신
마음으로만
느껴지던
날

적요

해는 저물고
그날은
당신이
울어
바람이
거칠더군요

솟대

당신을 향해
웃자란 마음
설레고
있습니다

제2부

쉼

아버지가 일을

내려놓은

날

가족

돌아가신 부모님
그리고
나
살아오는 동안 늘,
조바심하며
젖은 길을
걸었습니다

우체통

이제는
올
소식도
없습니다
하루를
견디는
일밖에
없네요

길 위에

통화한지 15분 뒤 아버지
소천하시고

나를 등지고 아이가
세상 떠나던 날

어머닌, 넋놓고
잊을까 봐 내,
생일날에 기일을
이루셨지

남은 사람들은
견디는 일만
유산이 되었네

추녀

견디어 온
눅진한 시절의 사랑
골이 깊게 패일수록
슬픔이 빠르게
지나친다

겨울비

시절없이 피어서
미안하다
나도
그저 왔다가 가는 것을
몰랐다

십년

화무십일홍
권불십년을 살아도
가없는 세상에
홰를 치는 신새벽
깨어 있어야
견디는 것이다

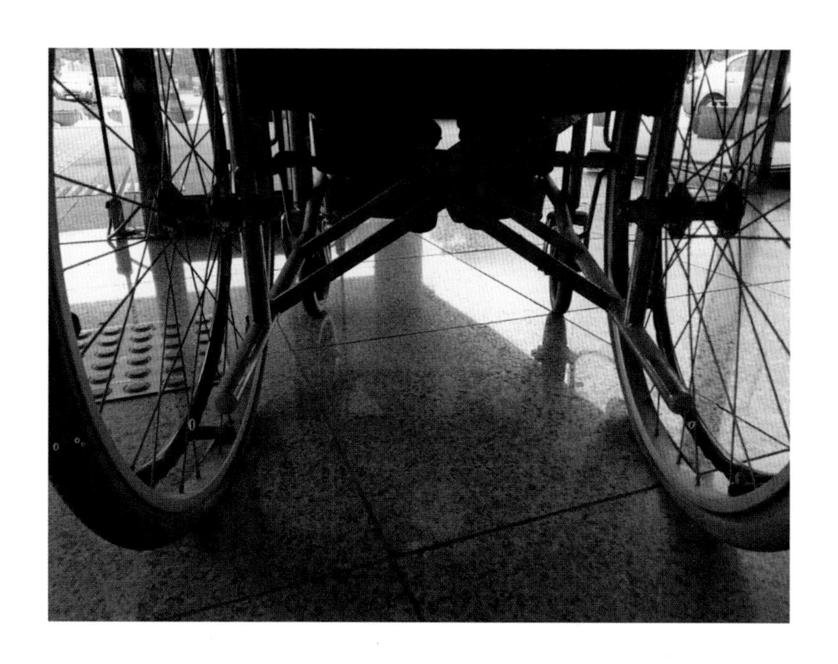

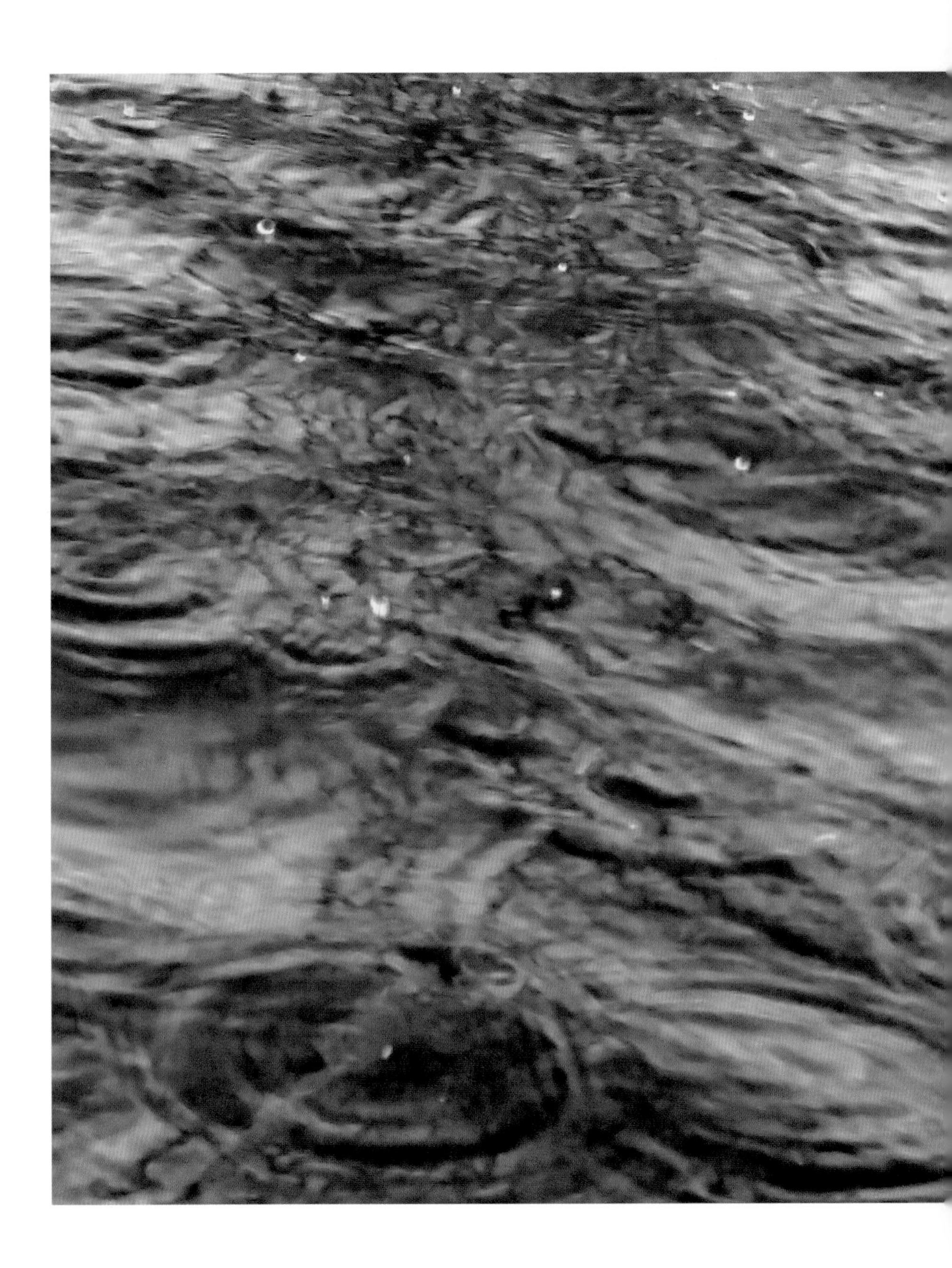

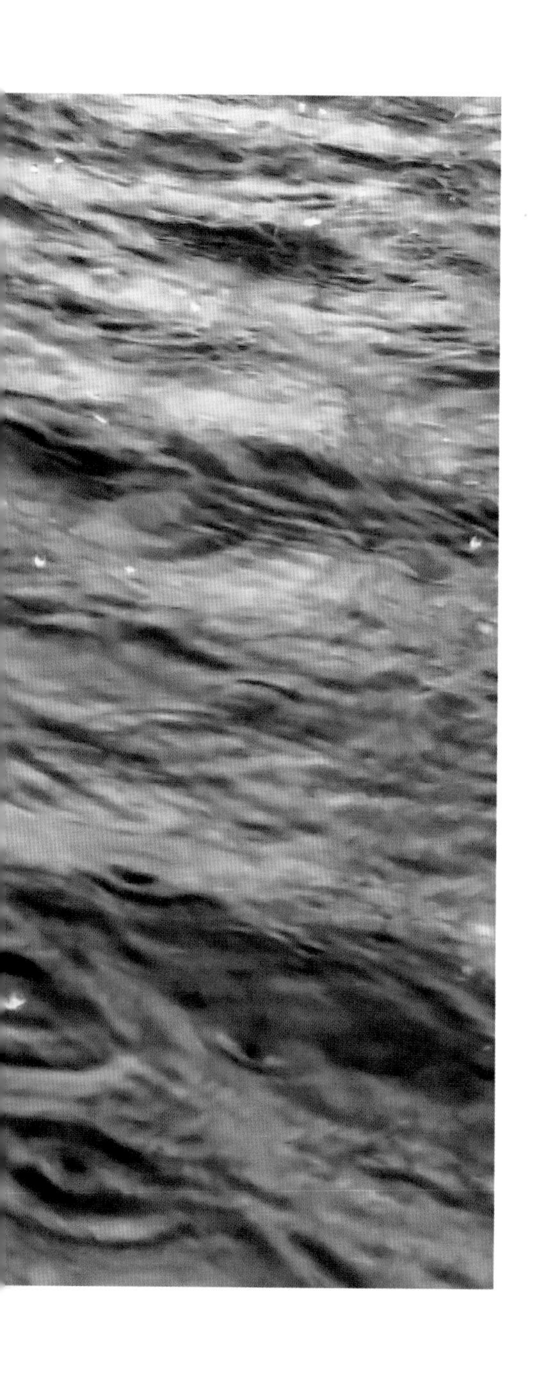

비 오는 강변

비 오는 날
강변을 걸어봐

속울음 가득해
새도 목이
잠기네

맞대고 선 등에
늦은 계절의
꽃 멍울 처럼
틔우는 눈물

장미

늦은 오월에 들리는 하모니
앙상블 선율이
들리면
다들 자운대를
걷고 있지

가을

잊지 않았어
다들
떠나갔어도
충만한
숨
아직 따듯해

기억

모진 것이 뭔지 아니
아무리 더듬어도
체온은 아직인데 얼굴이
어슴프레
해지는 거야
용서할 수 없는 것은
내가
조금씩 지워진다는
거야
이해돼?

기후변화

해빙기의 툰드라
묵은 누천년의
바이러스가
깨어나고 있어
설산이 녹아나고
빙산이 떠돌고
북극곰과
고래가 죽어가고
사람들은
점점
지독해 져가는
것

상실

모든 것을 잃어 본
사람은 유성 두드림
공연장에서
또다른 질감을
만나 봤을 거야

제3부

섬

신비가 사라진 섬
설레임이 없어서
사람도 지워지지

구도

섬기는 것이 다가 아냐
참람한 오늘
직시하는 나의 자세가
중요하지

여행

섬이 그리워서 찾아간 것이 아냐
들어서서 벌써 그리워지는 것은
육지가 그리운 것은 아냐
망연자실 내 속에 섬을 찾아
들어 온 것 뿐이야

집

내 안에 집 한 채도 감당 못하면서
눈길은 집 한 채를 짓고
있었네

내 안에 통곡을 하면서
회개를 미루고 있었네

엉겅퀴

살아온 과정이 그랬네
풀섶에 숨어서
숨었다가
고갤 내밀었다 하면서
새끼 낳고서야
야성이 충만해져
저리 여린 색감을
나이 오십이 지나
알게 되었네

엄마

섬에 들어와
당신이 보고싶은 것은
서로 깨물었기에 가능
할지도 몰라
하늘을 이고 산다는 것
살아있는 동안에
마주한 천륜의
살과도 같지

바다

사이렌도 잠들었나봐
황홀하게 보이는데
슬픈 일견(一見)

퇴적층

쌓인 내 마음이 퇴적되어 갯바위가 되었네
얼마나 많은 이야기들이 켜켜이 쌓였는지
묻지마라 누군들 되새기는 기억이 없겠어
황홀하게 떨어지는 낙조를 향해 서서
직시하니 눈물이 나네 지진대를 건드린
하루가 모호하네

오늘

과거의 오늘이 열리고
결국 사람이 답인
세상을 만났습니다

신정리 아림이 무덤에서

왕겨 속에 묻은 마지막 남은 사과를 보며 미안해 망설이고 있을 때 신정리 산 1번지 가을이 등을 보이기 시작했다 비스듬히 누워 낮달을 쪼던 새의 깃 사금파리만큼 노을이 묻었다 하염없이 걷다 보면 들리던 울림처럼 속이 따듯해졌다

'아림아 너무 좋다 햇살'

이아림의 묘
994년 양 6월 26일생
15일졸

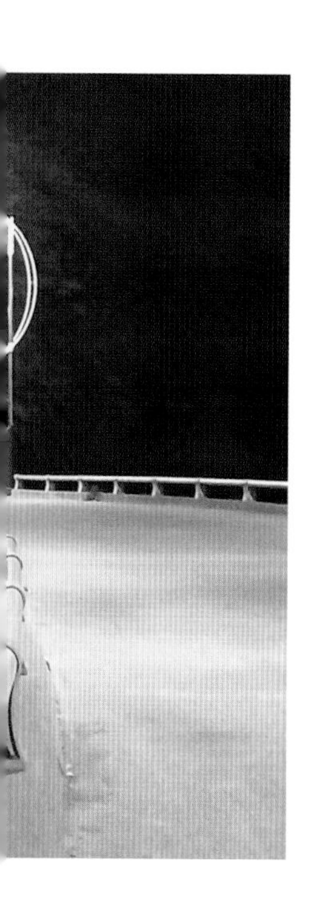

마량리 달마중

장한가를 읊던 한 사내가 바다가 뒤집히는 날 포구의 허름한 대폿집을 나섰습니다. 벼리는 업장의 칼끝에 동백꽃 숭어리 목을 꺾어 바다에 몸을 던진 채 섬이 되어 만났습니다. 동티난 사랑에 당제를 지내는 사당에 이르려면 흩어진 꽃 숭어리 숭어리를 밟고 지나 서천 마량리 동백정에 올라야 비로소 서해바다에 고즈넉한 달 울음을 만나게 됩니다.

등(燈)

타고 남은 불씨가 소멸되고 있을 즈음
마음을 밝히는 것은 '온전한 사랑'
스스로가 밝힌 등(燈)이 반딧불처럼
발화하는 것은 깊은 기다림이다

제4부

신안동에 비추던 달

달 뜨는 곳에 몸을 드러내기도 하지만 숨기도 한다 차오르는 눈물을 쏟을 수 없을 때 하염없이 걷던 길, 엄마를 더듬고 있었다 젖줄처럼 마르는 곳이 아직도 성성한 녹슨 철문 앞 이마를 기대고 한참을 머물다 돌아서면 비워지던 마음이 처마 밑 달처럼 처연한 것을 발길은 안단테로 대전역을 향하고 있다

평창 가는 길

폭설에 잠긴 한 채의
집이 아니다

저 작은 굴뚝이 지탱하는
가족의 온기가
지구를 견디며
세상을 데우고 있는 것

평창 가는 길
목도하고 있는
것이다

폭설

누군가 고요 속으로
소멸시효의
길을
걸어 들어가고
있는 것이다

폭설2

길이 끝난 곳에서
너를 볼 수 없었다
이생의 인연
다한 줄 알았지만
아직 저기
전신주가 전달하는
시그널이
궁금해졌다

폭설3

평창 가는길
바람이 능선의 등을 다독이며
걷고 있었다
먼저 떠난 아림이를 품었던 나도
생을 다하는 날까지 그 뒤를
따르고 있었다

폭설4

저 붉은 표식 하나가
사람이 다녀 갔음을
알려준다

내 속의 심장에 난
괭이 하나가
내 딸이 다녀 갔음을
알려준다

늦가을 대포리

갯벌의 체향과 묵중한 바람의
무게 만큼 타인의
인생을 가늠하게 된
하루였다

다시 봄

전생의 범문 같은
딸이
잠들어 있는 신정리

다녀오는 길에
배회를 하다
물길에 한숨을
풀어놓았다

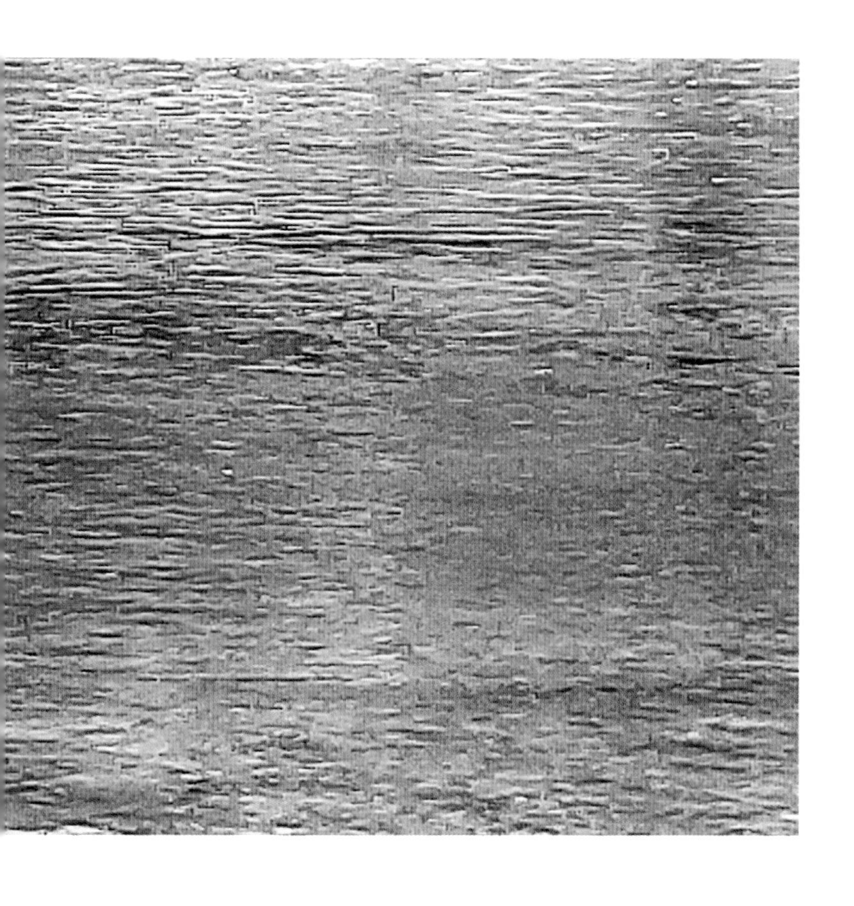

그물

나이 오십 줄에 반을 넘어선
딱 이만큼의 천라지망이라고
생을 얘기할 수 있다면
좋겠다

삶

더 무슨 말이 필요하겠어
잠시 머물다
가

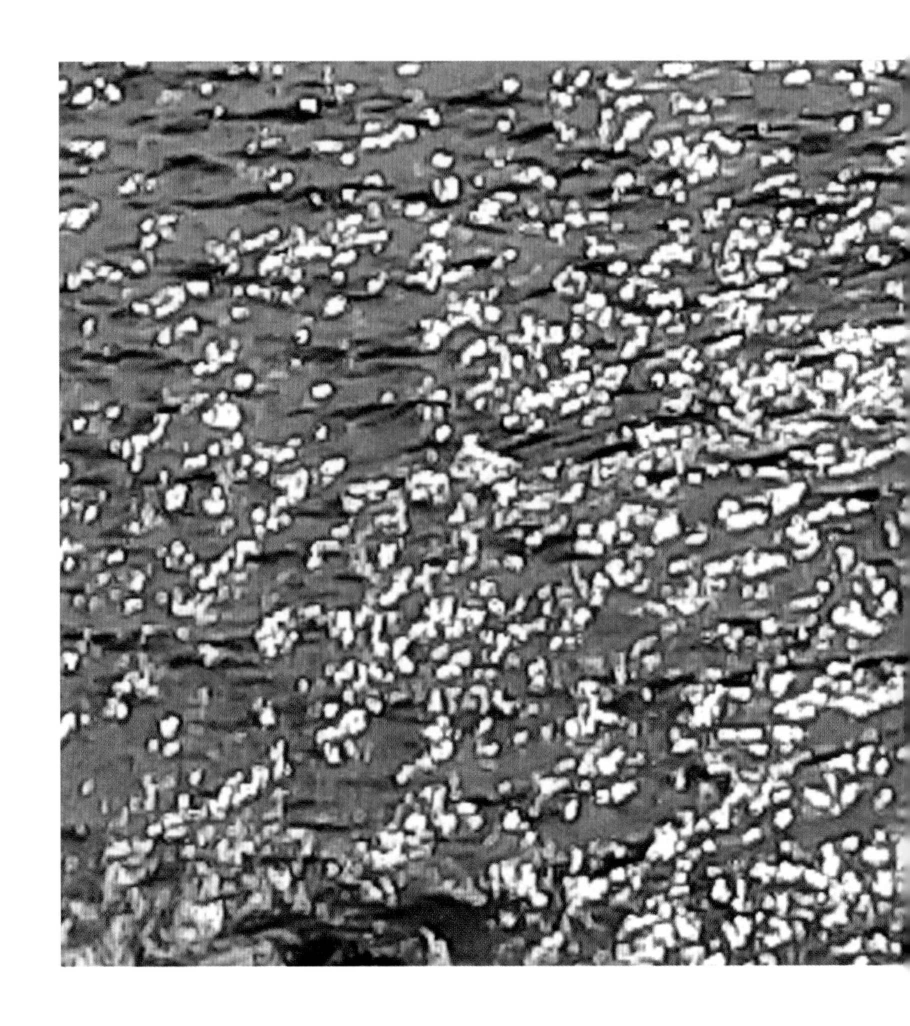

야상곡

생이 다해 산조 한 대목처럼

불려질 것 같은 하루였어

썰배

숨이 턱 막혀 다다른
대포리
가족을 밝히는 모성애
갯벌을 지치고

썰물에 바닥이 드러난 허기진 가슴
썰배를 타고 지치는 발길질이
아마조네스가 떠올랐어

문득, 차가운 볼에 흐르는 눈물
눈물 나게 살고 싶어지데

상사화

천륜의 바퀴에 밟히고 살아남은
꽃 한송이

사진 포토그래퍼 임대철

| 해설 |

생(生)의 비의(秘義)를 탐사하는 시와 사진

— 박지영 시사집(詩寫集) 『평창 가는 길』

김종회 | 문학평론가, 한국디카시인협회 회장

박지영의 새 시집 『평창 가는 길』에는, 시사집(詩寫集)이란 명호(名號)가 붙어 있다. 시와 사진을 하나로 묶어 쓴 시집이라는 뜻이다. 일찍이 우리 선진 예술가들은 화선지에 풍경화를 그리고 꼭 시문(詩文) 몇 줄을 덧붙여 시화(詩畵)를 이룬 적이 많았다. 사진 기술이 보급된 이후에는 사진에 자유롭게 시를 덧붙인, 사진시(Photo-Poem)란 시의 형식도 있었다. 우리 시대에 이르러 스마트폰의 광범위한 보급으로 누구나 '손안의 작은 우주'를 소유하고 또 거기에 장착된 성능 좋은 디지털카메라로 사진을 찍게 되자, 그 사진과 부합하는 몇 줄의 강렬한 시가 연합하여 디카시(Dica-Poem)란 새로운 문예 장르의 출현을 보게 되었다. 동시대 영상문화의 확산이 우리의 일상 가운데로 진입해 온 것이다.

디카시는 사진과 시의 조화로운 만남, 곧 그 양자의 화학적 결합을 지향한다. 순간 포착의 영상과 촌철살인의 시가 상호 조응하여 시너

지 효과를 발산하는 데 중점을 둔다. 그리고 그렇게 생성된 시를, 동호인들이 SNS를 통하여 실시간으로 공유하는 기동성을 보인다. 쉽게 이해할 수 있으면서도 사유(思惟)의 깊이를 담보할 수 있으면, 좋은 디카시의 요건을 갖춘 것으로 된다. 그런 까닭으로 디카시의 시는 그다지 길지 않은 편이 유리하다. 디카시의 주창자들은 그리하여 시의 분량을 5행 이내로 제한할 것을 제안했다. 여러 공모전이나 시상의 심사에서도 이 분량의 준수를 요청해왔다. 당연히 누구나 그에 부응해야 할 일은 아니로되, 또 굳이 거절할 일도 아닌 터이다.

박지영의 『평창 가는 길』이 앞서 언급한 바와 마찬가지로 '시사집(詩寫集)'이란 명패를 내걸고 사진과 시를 병합하고 있으나, 디카시의 일반적인 규범을 벗어나기도 하는 상황을 탓할 사람은 아무도 없다. 그것은 시인의 내면적이고 생래적(生來的)인 자유 의지에 속하기 때문이다. 시인 스스로 「작가의 말」에서 "요즘 말하는 '디카시'와는 궤를 달리한다"고 언명(言明)하기도 했다. 그러나 이 시집 전반을 통독해 보면, 많은 이들이 하나의 시대적 사조로 수긍하는 디카시의 창작 유형에서 전혀 멀리 떨어져 있지 않다. 그러기에 필자는 그의 시들을 디카시의 독법으로 읽을 것이며, 그것이 오히려 그의 시 세계를 더 잘 해명하는 길이 되리라 여겨진다.

일찍이 추사 김정희가 "난을 그리는 데 있어서 법이 있다는 것도 안 될 말이지만, 법이 없다는 것도 안 될 말이다"라는 의미심장한 수사(修辭)를 남긴 바 있다. 화필의 운용에 있어서 독창성과 규범성의 존재 양식을 한꺼번에 발화한, 기막힌 표현이다. 이는 오늘날 우리의 글쓰기 현장에도 그대로 적용될 수 있으며, 특히 지금 여기 박지영의 시를 읽는 데 있어 매우 유효한 지침이 될 수 있겠다. 오래 시를 써 온 자신의

비유 또는 상징의 창작 방식을, 강렬한 시각의 사진과 결합했을 때의 문제이기에 그렇다. 박지영의 시는 여전히 탄력 있고 웅숭깊다. 그의 사진은 한 컷 한 컷 평이한 것이 없다. 오랜 시작(詩作)의 연장선상에서 문득 새로운 길을 열어나간 듯한 후감이 거기에 있다.

1부에 수록된 시들의 중심을 이루는 언어는 '당신'이다. 그 당신은 기다림과 그리움을 동반하는 연인이자 자아의 각성이며 우주적 생명력이다. 이 엄중한 인식에 그의 사진들이 조력(助力)을 다한다. 「저 길」의 당신은 가로등이 호젓하게 서 있는 어두운 밤길, '대숲을 안고 돌면' 거기 약속처럼 서 있는 존재다. 「손짓」의 잔잔한 시내는 고대가요의 애절한 당신, '백수광부의 처'를 불러낸다. 「솟대」의 당신은 훨씬 더 적극적이고 직설적이다. 시인은 가늘고 높은 솟대 하나를 세운 다음, "당신을 향해 웃자란 마음이 설레고 있습니다"라고 말한다. 세상 곳곳에, 가닿는 눈길의 자국마다 당신으로 편만(遍滿) 하다면 이보다 절실한 정감은 다시 보기 어렵다.

2부의 시들에서 가장 주목을 요하는 어휘는 '견딤'이다. 그 견딤은 우선 가족사의 기억과 그 아픔 또는 안타까움을 수반하고 나타난다. 「쉼」의 푸른 들녘은 '아버지가 일을 내려놓은' 뒤 끝에 있고, 「가족」의 비에 젖은 외진 길은 시적 화자가 '엄마와 아빠'와 함께 조바심하며 걷던 자리다. 그다음의 시편들을 보면 이 모든 풍경이 시인의 견딤 위에 서 있음을 느낄 수 있다. 「우체통」의 적색 외형도 하루를 견뎌야 하고, 「길 위에」의 싱그러운 망초는 줄줄이 가족을 잃은 '나'의 견딤을 부축하고 있다. 그런가 하면 「추녀」의 퇴락은 오래 견디어 온 '눅진한 시절'의 슬픔을 보고 있으며, 「십년」의 휠체어는 '깨어 있어야 견디는 것'임을 증거한다.

3부의 시들은 여행지의 풍경을 시로 살려낸 작품이 주류다. 누군가 "여행은 장소를 바꾸는 것이 아니라 생각을 바꾸는 것이다"라는 언표(言表)를 내놓았지만, 시인은 여행의 도중에서 얻은 시와 영상으로 일상 너머의 의식을 발굴하고 또 공유한다. 「섬」에서 연육(連陸)을 가져온 초대형 현수교를 보여주며, 시인은 '신비가 사라진 섬'은 설레임도 사라진다고 단정한다. 「여행」에서 섬을 찾아온 시인은 '망연자실 내 속의 섬을 찾아' 들어왔다고 말한다. 섬과 바다와 하늘은 어느결에 범상한 의식의 옷을 벗고 전혀 새로운 얼굴로 다가온다. 이 새로운 생각의 지평들을 두루 밟아볼 수 있기에 여행이다. 동시에 여행이 공여하는 '숨겨진 보화'를 발굴하는 기쁨이 거기에 있기도 하다.

4부에 이르면 여러 편의 「폭설」 시편을 만난다. 이 시집의 제목이 '평창 가는 길'로 되어 있는 연유도 여기 있을 것이다. 시인은 '고요 속으로 소멸 시효의 길'을 걸어 들어가는 누군가를 떠올린다. 그 가운데는 가슴에 묻은 '아림이'의 기억도 있다. 그 기억은 어쩌면 영원히 지워지지 않을, '내 속의 심장에 난 괭이 하나'인 형국이다. 산중의 폭설만 그러한 깨우침을 안고 있는 것이 아니다. 다시 바다로 발길을 이끈 시인의 눈길은, 「늦가을 대포리」에서 '타인의 인생'을 가늠하는 장면을 목격한다. 「다시 봄」의 물길에도 '전생의 범문 같은 딸'이 잠복해 있다. 「삶」이 그러하듯 우리 모두 '잠시 머물다' 간다. 그러기에 「상사화」의 꽃 한 송이를 보며 '천륜의 바퀴'를 연상하는 것이다.

우리가 이제까지 공들여 살펴본 박지영의 사진시들은, 궁극적으로 삶의 고단함을 넘어서는 인식의 개방을 지향하고 있다. 언제나 우리 곁에 있는 일상의 소소한 경물들을 소중한 사진으로 거두어들이면서, 거기서 우주 자연의 원리와 인생 세간의 이치를 깨우치려 시도한다.

기실 우리를 감동하게 하는 힘은, 무슨 엄청난 국면에 결부되어 있지 않다. 작고 소박하지만 품격있고 깊이 있는 각성이 우리의 심금을 울린다. 일찍이 윌리엄 블레이크가 「순수의 전조」에서 "한 알의 모래에서 세계를 보고 한 송이 들꽃에서 천국을 본다"고 한 그 형이상학적이고 압축적인 시 정신이 바로 박지영의 세계와 닮아있다. 그의 이 새로운 모형의 글쓰기가 더욱 일취월장하여, 우리가 더 깊고 좋은 시를 만날 수 있게 해주었으면 한다.